a b c
I can be

Written by Verna Wilkins

Illustrated by Zoë Gorham

For Gill, Anna, Rogan, Luke and Nathan

Published by Tamarind Books

© 1993 Tamarind Ltd   ISBN 1-870516-12-5   Printed in Singapore

This impression 2002

A catalogue reference for this book is available from the British Library

Anna is an ...

... astronomer

Bin is a ...

... **b**aker

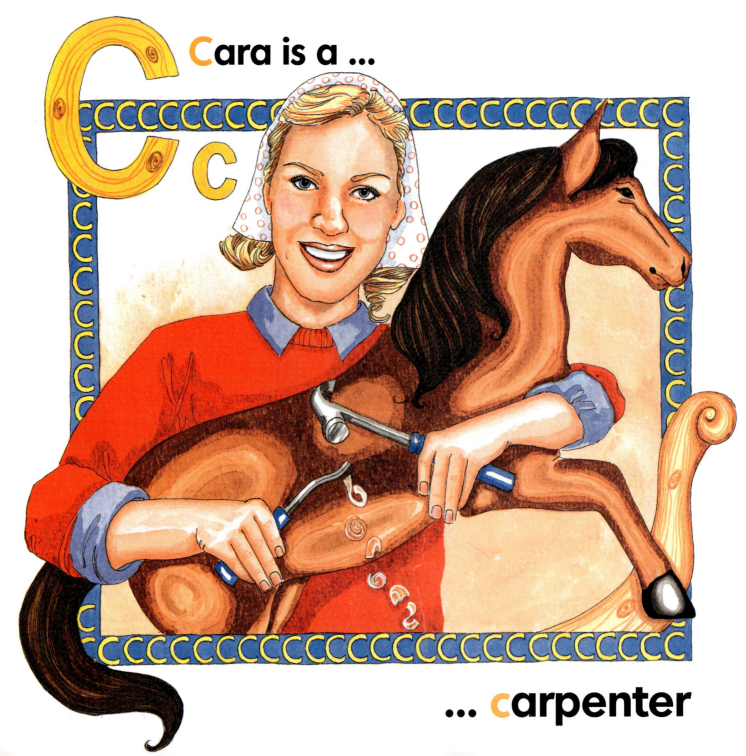

Cara is a ...

... carpenter

Daisuke is a ...

Dd

Molar tooth

... **d**entist

Eno is an ...

... **e**ngineer

Fran is a ...

... **f**irefighter

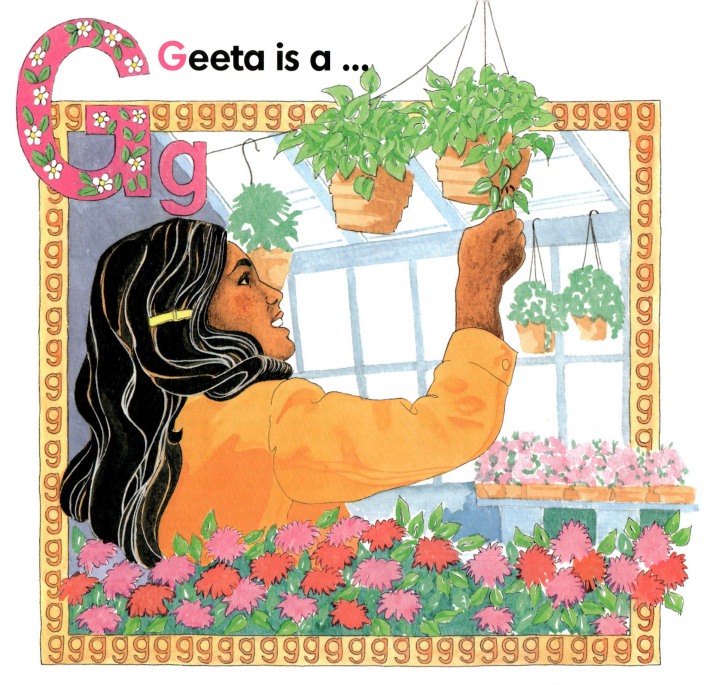

Geeta is a ...

... **g**ardener

Hardip is a ...

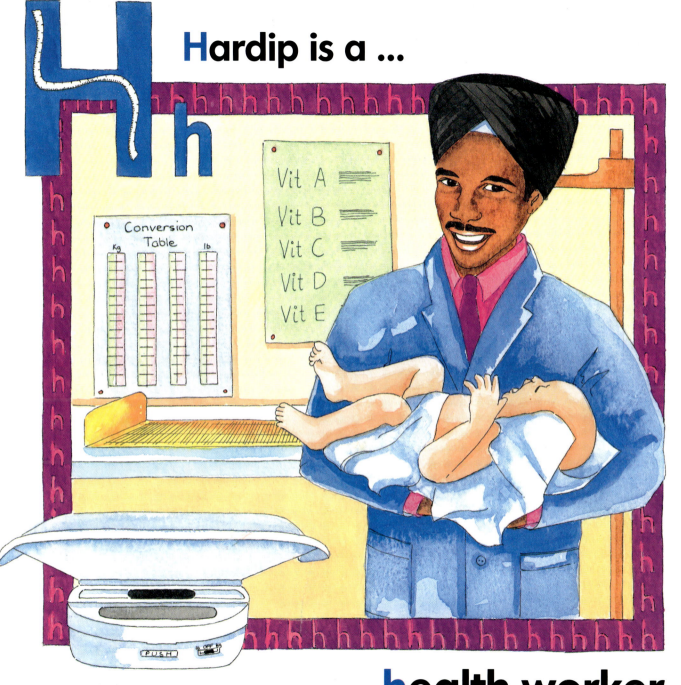

... health worker

Ivor is an ...

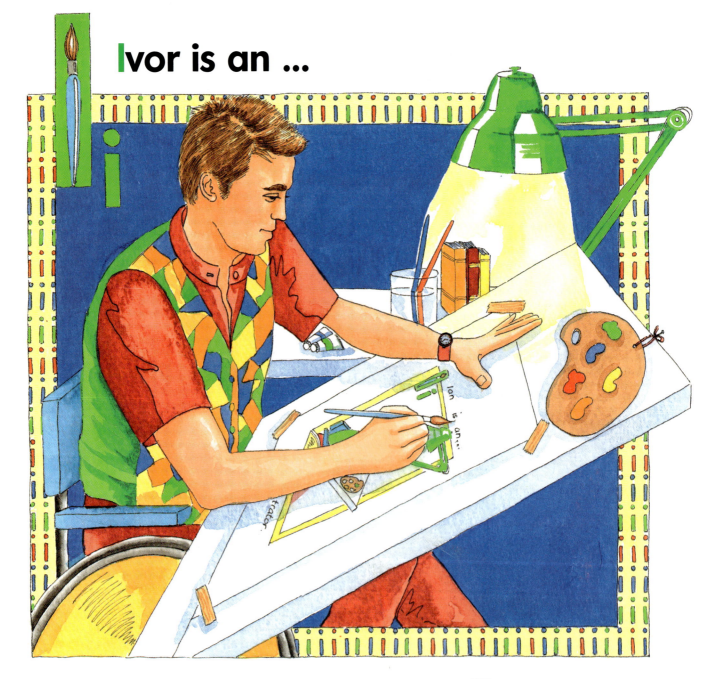

... **i**llustrator

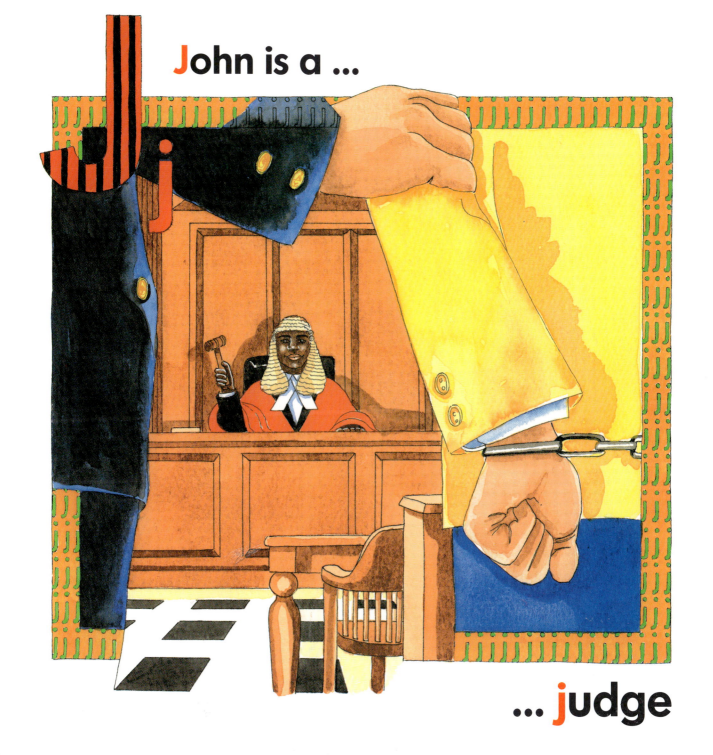

John is a ...

... judge

K k

Kui Hua is a ...

... **k**itemaker

Liam is a ...

... **l**ampmaker

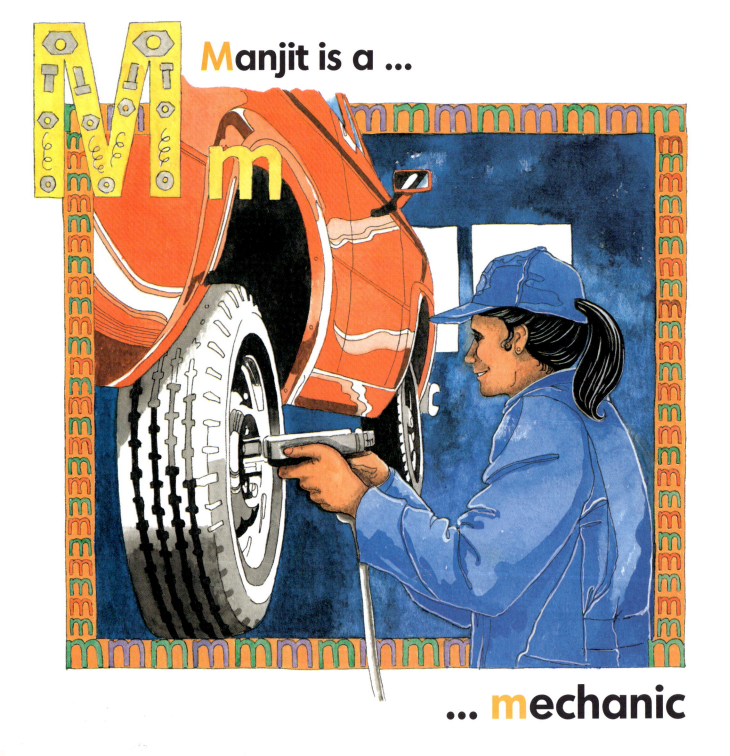

Manjit is a ...

... **m**echanic

Nick is a ...

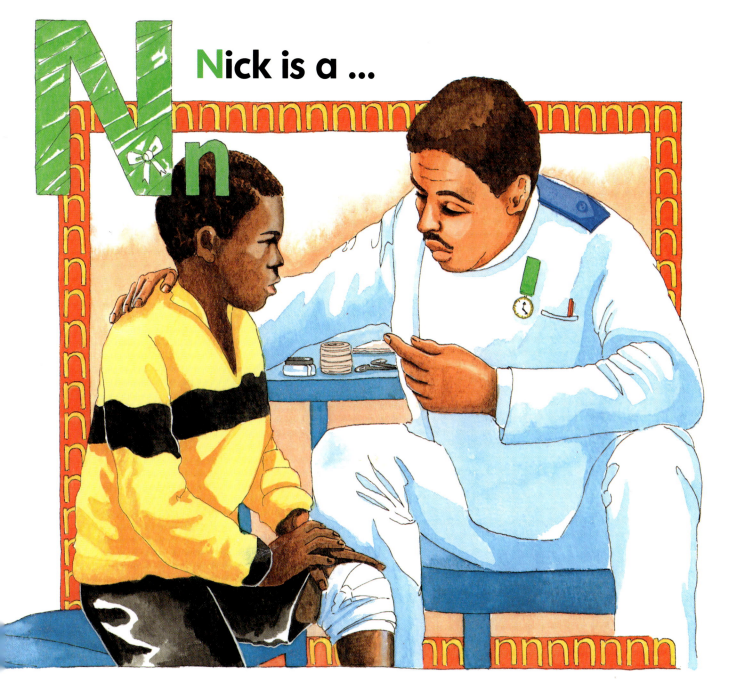

... **n**urse

Obi is an ...

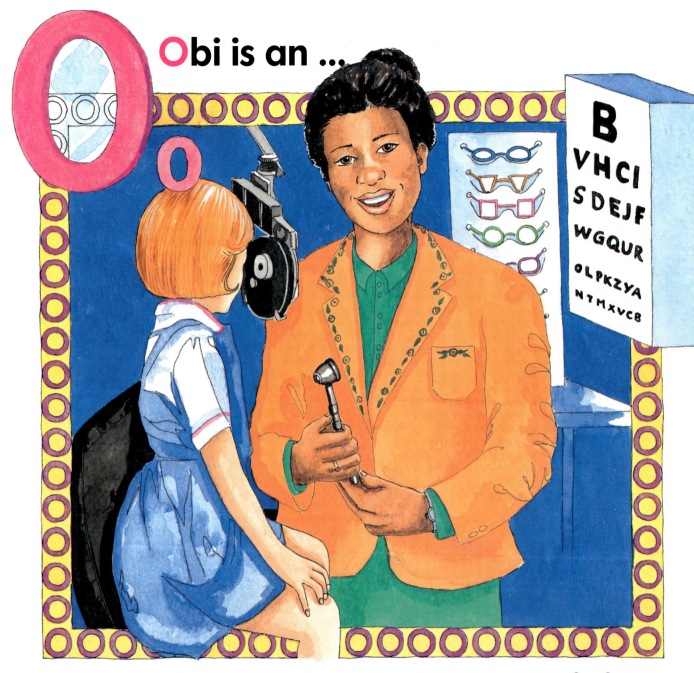

... **o**ptician

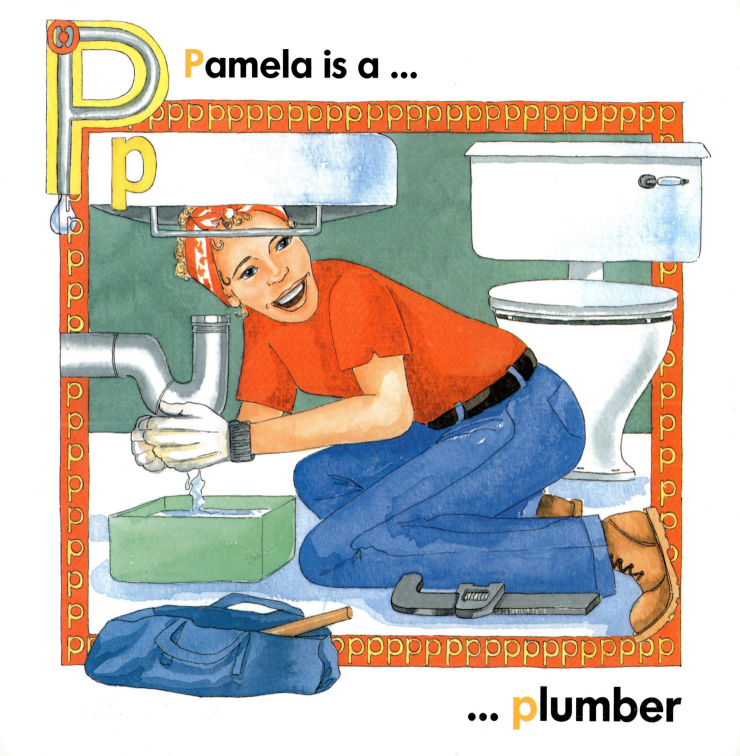

Pamela is a ...

... **p**lumber

Qin Fen is a ...

... **q**uarry worker

Rory is a ...

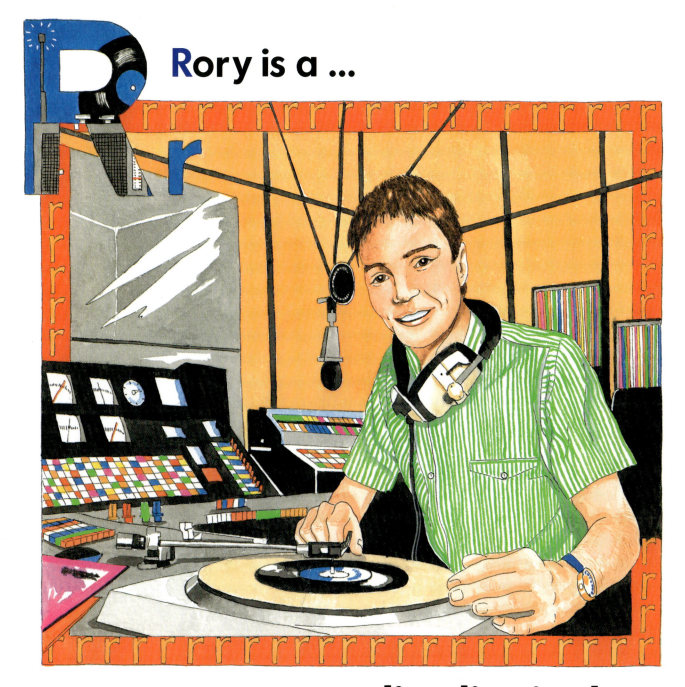

... **r**adio disc jockey

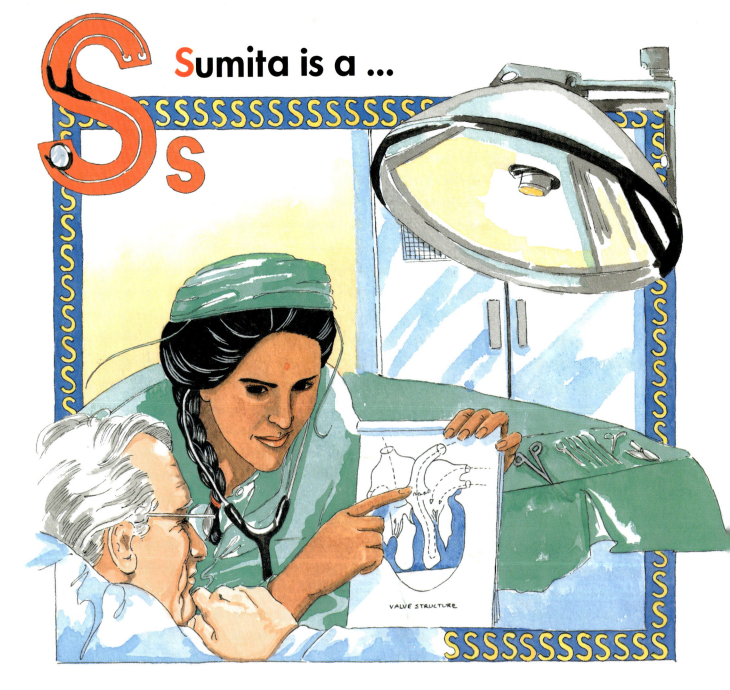

Sumita is a ...

S **s**

... **s**urgeon

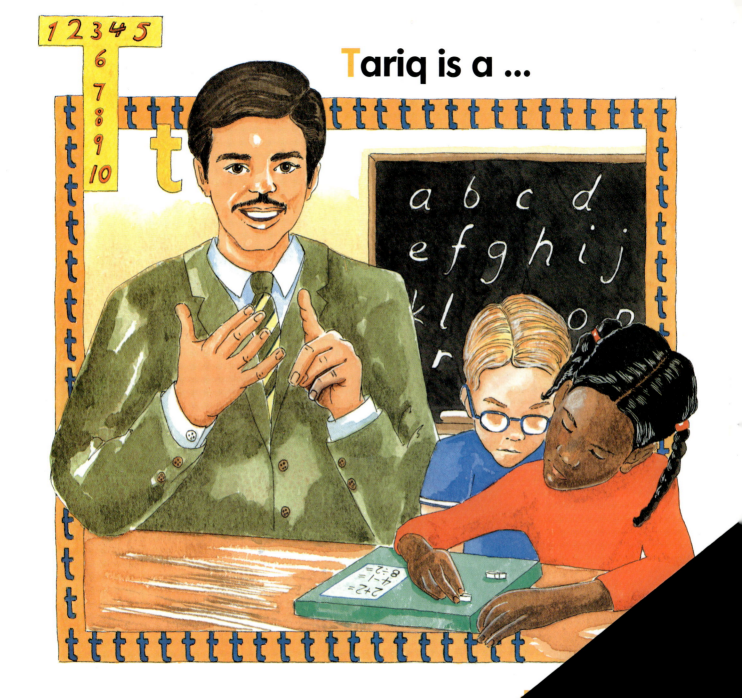

Tariq is a ...

...

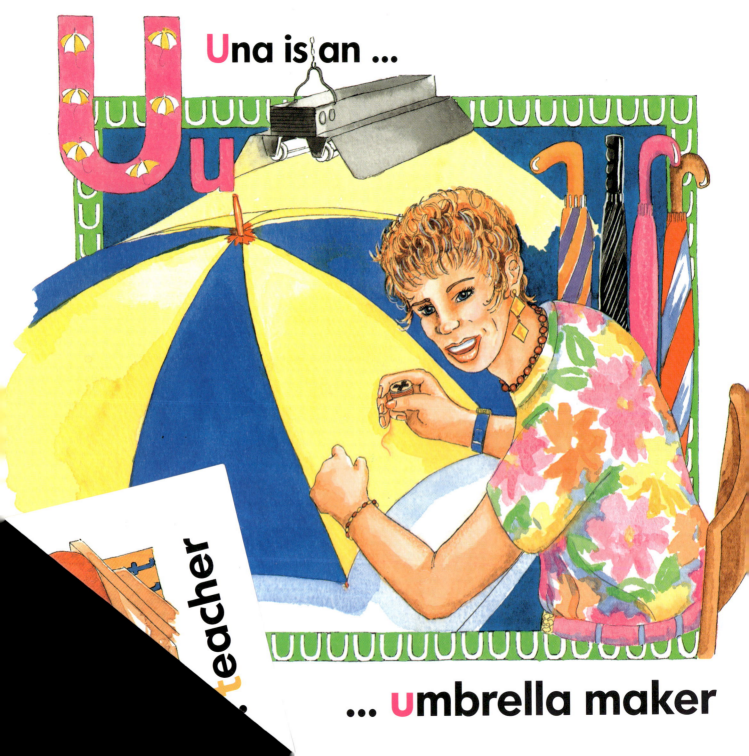

Una is an ...

teacher

... **u**mbrella maker

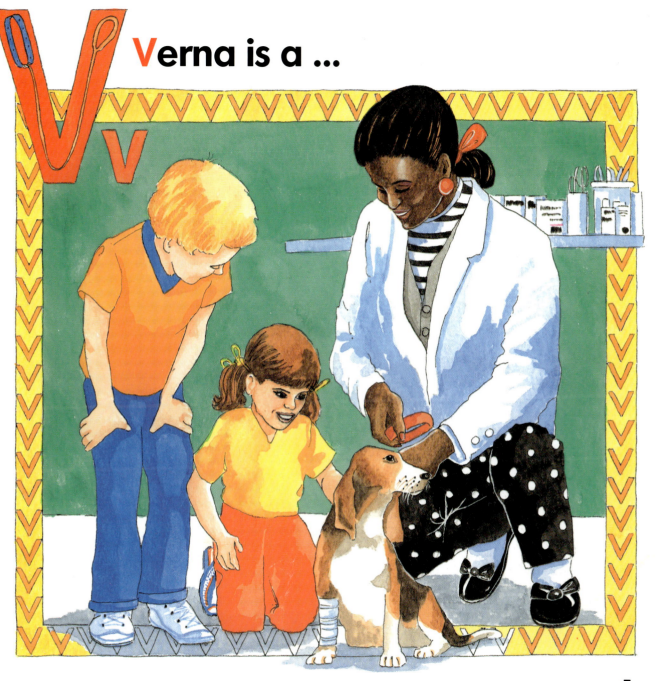

Verna is a ...

... **v**et

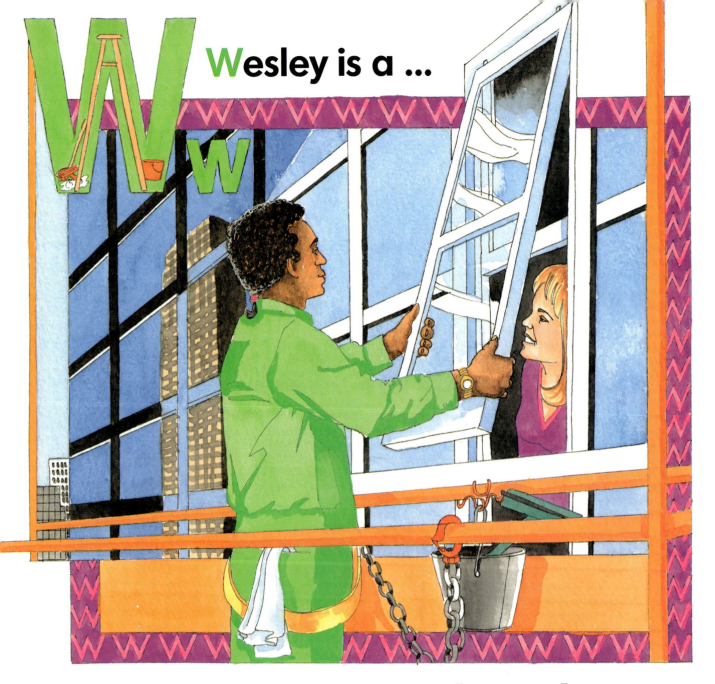

Wesley is a ...

... **w**indow cleaner

Xavier is an ...

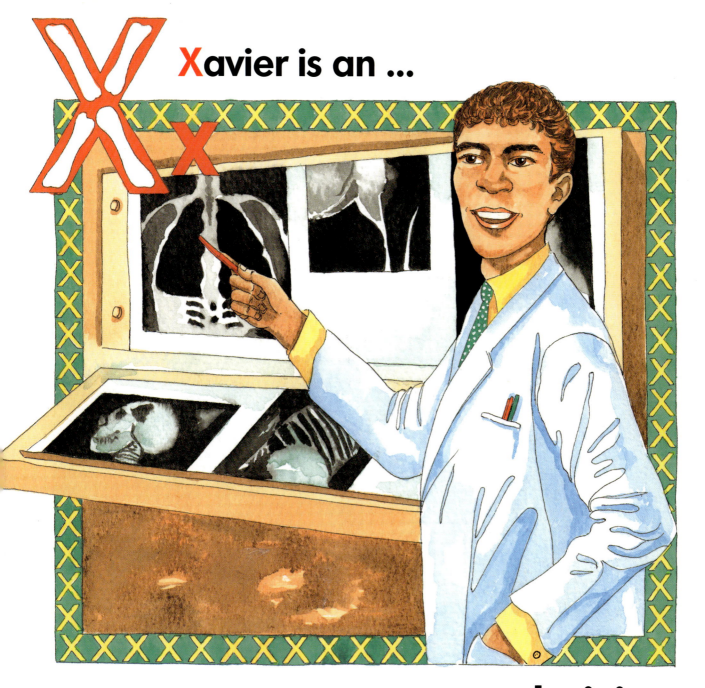

... **x**-ray technician

Yin Mei is a ...

... **y**oga teacher

Zoë is a ...

... **z**oo-keeper

abc I can be...

Anna is an astronomer

Fran is a firefighter

Geeta is a gardener

Hardip is a health worker

Ivor is an illustrator

Nick is a nurse

Obi is an optician

Pamela is a plumber

Qin Fen is a quarry worker

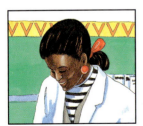

Verna is a vet

Wesley is a window cleaner

Xavier is an x-ray technician

Yin Mei is a yoga teacher

**Bin is a
baker**

**Cara is a
carpenter**

**Daisuke is a
dentist**

**Eno is an
engineer**

**John is a
judge**

**Kui Hua is a
kitemaker**

**Liam is a
lampmaker**

**Manjit is a
mechanic**

**Rory is a
radio disc jockey**

**Sumita is a
surgeon**

**Tariq is a
teacher**

**Una is an
umbrella maker**

**Zoë is a
zoo-keeper**

...what will you be?

a b c d e f g
h i j k l m n
o p q r s t u
v w x y z

A B C D E F G

H I J K L M N

O P Q R S T U

V W X Y Z